KB102520

그리움은 늘 바쁘다

그리움은 늘 바쁘다

펴낸날 초판 1쇄 2024년 6월 10일

지은이 김미자
펴낸이 서용순
펴낸곳 이지출판

출판등록 1997년 9월 10일
등록번호 제300-2005-156호
주소 03131 서울시 종로구 율곡로6길 36 월드오피스텔 903호
대표전화 02-743-7661 팩스 02-743-7621
이메일 easy7661@naver.com
인쇄 ICAN
물류 (주)비앤북스

값 13,000원

ISBN 979-11-5555-221-6 03810

김미자 시집

그리움은 늘 바쁘다

이지출판

김미자 시인이 드디어 첫 시집을 발간한다. 주부로 살아오다 어느 날 문득 시를 쓰고 싶었다는 그를 처음 만난 건, 지난해 6월 경기도 광주시 도척면 '이야기터 휴'에서 열린 현장 수업에서였다. 이날 그는 짧은 감성시가 주는 감칠맛에 감동을 받고 그때부터 감성시를 부지런히 쓰기 시작했다.

김미자 시인은 어린 시절의 고향 마을과 바쁜 일상에서 무심히 지나쳤던 작은 감동들, 그리고 가족을 사랑하는 마음을 끊임없이 시로 표현하였고, 그 표현들은 감동을 주는 시가 되었다.

요즘 우리는 참 바쁘게 살고 있지만, 시를 쓰고 싶은 마음을 가슴에 눌러 담고 사는 사람들이 많다. 학창시절 시를 좋아했고 시인이 되고 싶었던 문학 소년 소녀들은 바쁜 일상을 잠시 내려놓고 김미자 시인의 시집을 한 번 읽어 보면 좋겠다. 그러면 지금까지 눌러 둔 감정에 새싹이 돋아나 시를 쓸 수 밖에 없고, 결국 멋진 시집을 발간하는 주인공이 될 것이다.

감성시는 시를 쓰는 자신이 먼저 치유되고, 가족과 이웃, 만나는 사람들이 차례로 치유되어 행복한 사회를 만드는 데 큰 역할을 하게 된다. 그 주인공이 된 김미자 시인! '내가 시를 쓸 수 있을까?' '시인이 될 수 있을까?' '시집을 발간할 수 있을까?' 이 막연한 희망을 현실로 만들어 시집을 발간할 수 있게 용기와 사랑을 아끼지 않은 가족들에게 감사드린다. 그리고 저 역시 제2집, 제3집… 시집을 이어 발간할 수 있도록 도와드릴 것을 약속한다.

집필실이 있는 '이야기터 휴'에서

커피시인 윤보영

비가 내린다.

잦은 비로 우울해하다가도 비가 그치면 창밖 풍경에 빠진다. 나뭇가지나 잎에 매달린 물방울의 투명함이 참 좋다. 하늘이 주는 선물 같다. 물방울에 햇살이 비치면 작은 동그라미 안에 방울방울 무지개가 가득하다.

그렇다. 빗물처럼 흐르던 눈물은 멈출 것 같지 않았다. 하지만 안다. 언젠가는 눈물도 멈춘다는 것을, 빗방울처럼 무지개를 피워 낼 것이라는 것을.

그래도 나는 아직 감정만 출렁이는 사람이다. 혼자 노는 연습이, 한낱 끄적임이 한 권의 책으로 나온다는 게 얼마나 부족하고 부끄러운지를 잘 안다. 그럼에도 내면의 감정을 책으로 매듭지어야 한다고 추천의 글과 함께 시집 발간으로 이끌어 주신 윤보영 시인님께 감사드린다.

더불어 우연의 인연으로 늘 용기를 주고 가르침을 주시는 문우님들과 계간문예 선생님께도 감사드리고, 아침저녁 안부 묻고 용기를 준 친구들과 지인들, 그리고 시집 발간을 주저하는 내게 힘을 준 사랑하는 가족들! 모두에게 고마운 마음을 올린다.

물방울에 비치는 무지개를 형형한 마음으로 바라보는 감성 충만한 시인이 되어 보리라.

2024년 5월

김미자

▶ 차례

2부_노란 수선화를 위하여

3부_ 날마다 오늘이다

4부_ 낙엽, 그리움 속으로

5부_ 꽃 지고 잎 진다

1부

징검다리 건너온 봄

봄봄

건너
건너
내 가슴으로
스며드는 봄, 봄!

산천은
그대로인데
꽃빛은 늘 새롭다

그래, 이제
내 안에
그대 좋아하는 꽃 피워 놓고
내가 유혹할 차례다.

벚꽃

길게 줄지어 피었다
흐드러지게 피어
모두가 반긴다

감당 못할 그리움이
마구 쏟아진다
그리움 속 얼굴처럼
품었던 마음 주체할 수 없다

후둑후둑 떨어져
가슴에 담기는 꽃잎

사랑이다
그리움이다
제 혼자 중얼대며 내린다.

사랑이니까

휑하니 부는 바람
제 갈 길만 간다
뒤도 돌아보지 않고 간
그대처럼

하지만
봄을 남겨 둔 바람
그리움을 남겨 둔 그대!
둘 다 미워할 수 없다.

노루귀

봄이 와요
산속 계곡 양지 녘에
노루귀 꽃이 피었어요

바람처럼
당신처럼
예쁘게 피었어요

꽃을 보는 오늘만은
내 안에 꽃을 옮겨 두고
당신과 드러나게
바람나고 싶은데.

섬 하나

당신과 나
여기까지 오는 길!

당신은 하늘로 솟고
나는 방법을 몰라
이 자리에 갇히고

다행히
당신 사랑 속!

하지만 지금
오던 길로 돌아가
자꾸 보고 싶은 걸
어쩌면 좋지?

부부

오랜 세월
내 안에 걸린
빛바랜 수채화

그 속에서
유독 내 눈길
독차지하는
그대 모습은

더 그리워하라며
더 보고 싶어 하라며
선명해진다.

입춘

늘 기다리던 너!
가슴 깊숙이 들어서는
따스함에
내 안이 촉촉해진다

그래, 이제
그대 생각이
틈도 없이 돋아나겠지?

징검다리 건너온 봄

나뭇잎 떨어진 가지마다
잎눈이 움트고
겨울잠 깬 개구리들
짝짓기 하는 봄!

계곡물 흐르듯
그리움 스며드는
내 안에도 봄이다

그대 생각 불러 놓고
커피라도 마셔야겠다.

행복

호수가 고요해진다
고요한 호수를
내 안에 담고
그대 얼굴을 그린다

다가온 그리움이
파장을 일으킨다
얼굴이 지워지고
다시 일상으로 돌아온다

그래,
나
지금 행복해!

꽃물

흔들리는 바람 앞에서
흐느낌을 보았고
떨어지는 꽃잎에서 눈물을 보았다

여전히
무성한 꽃물은
아래로만 흐를 뿐

꽃을 피우겠다며
다시 만나야겠다며
그리움 속으로
그대 생각이 흐른다.

4월이 불쑥

3월이 떠나고
불쑥
4월이 다가왔어요

기별 넣을 새도 없이
서둘러 왔어요
당신이 아니라고
귀띔이라도 해 주셨으면
덜 서운했을 텐데

이런 마음 눈치챘는지
목련꽃을 내밀면서
수줍어하는 4월!

속삭임

혼잣말이 늘었습니다
남들이 들으면
창피하잖아요

별을 안고
그대와 속삭인다는 얘기
참 괜찮은 수다인데 말이죠.

당신

너를 보고 싶다며
내 안으로 들어온 비!
후둑거린다

너를 만나야 할 나는
비 앞에서
우산처럼 갈등하는데

너를 그리워하는
내 마음은
여전히 가로등처럼 애처롭다

그렇다,
너를 사랑하는
내 마음은
오직 너만 있다
외로움을 지우고 있다.

도라지꽃

여름 언저리 여행길
청량산자락에서
도라지꽃을 보았다

연보랏빛 미소로 웃다가
하얗게
하얗게 자지러지게 웃다가

갓길에 다소곳이
부끄럼 감추고 앉아
그대였다가
나였다가

기어이
그리움에
활짝 피운 꽃!

그리움은 늘 바쁘다

날마다 통화하면서도
웃는 얼굴
직접 못 볼 때는 아쉬웠다

달려갈까 말까 망설이다
자동차 시동을 걸고
천천히 밟던 액셀이
어느새 제한 속도를 넘어선다

그래,
사랑은 이런 거다
보고 싶으면 달려가는 거다
몸보다
마음이 앞서는 거다.

3월이 2월에게

2월 마지막 날
윤일
아쉬움은 말해 뭐할까?

안개 속 헤매지 말고
내 곁에 꼭 붙어 있어
저절로 따뜻해질 테니

네가 있기에
내가 있다는 사실은
잊어도 돼

내가 기억하고 있으니까
다시 3월이 되기 전에
2월 너는 올 테니까.

복수초

이불을 걷어차고
일찌거니 잠 깬 복수초
너는 봄을 누르는 초인종

우리 마음에 웃는
그대 부르는
초인종.

능소화

비 내린 놀이터에
능소화가 피었어요

파란 잎 위에 빨간 꽃!

붉은 꽃과
눈 마주쳤더니
툭 떨어지네요

얼마나 심쿵하던지
내 안을 보았어요

다행히
내 안의 그대는
장미꽃으로 피어 있네요.

다정도 병이네

그대와
헤어진 뒤

천상의 주인은
초승달과 샛별!

나도
저렇게
다정했으면.

봄마중

골골이 찬바람
청량산 하늘다리 능선에 쌓인
눈 무더기, 온몸 훑고
바람과 함께 내려앉는다

골짜기로 흐르는 계곡물
긴 잠 깬 개구리
봄볕과 소곤거리고
아지랑이 끝에서
다가오는 엉겅퀴

그대와 걷는 하루는
기다림을 견딜 수 있는 힘이다.

기다림

우리
지구라는 별에선
못 만나겠지

하지만 그대
나 사는 동안
내 가슴에
늘 별로 빛날 테니

불행 중 다행이지
그렇지?

그저 봄

여기 좀 봐
여기를 봐봐

웃었다

내가
꽃이라 생각하니
그대는?
당연히 봄!

좋아서 웃었다.

목련꽃

아침 둘레길에
목련나무가 반긴다
아직은 날이 찬데
그대 생각하는 나처럼
가지 끝 그리움이 넘쳤나
꽃봉오리를 터뜨릴 기세다

그래
목련꽃!
기다리던 봄이 왔으니
꽃을 피워 봐

그리움이 있어도
눌러 참고 지낸 나처럼
바보 소리 듣지 말고
목젖이 보이도록 환하게 웃어 봐.

눈 비비고 일어나

처마 끝에
풍경 소리!
심장이 떨린다

사그락대는 바람에 기대
한 발 떼고 두 발 떼고
솔밭 사이로 나왔다

그대 생각이
내 가슴에 달린다
보고 싶다
보고 싶다
그리움을 울린다.

2부

노란 수선화를 위하여

그냥

비가 내리다가
눈이 내리다가

혹시 당신
머뭇거리고 있나요?

비도 좋고
눈도 괜찮아요

그냥
짓궂은 날씨처럼
불쑥 찾아오세요.

해바라기꽃으로 핀 그대

키 큰 해바라기
속도 없이 잘 웃는다

내내 쫓아가며
새까맣게 애태우는
내 그리움!
자꾸만 깊어져
고개까지 떨구는데

보고 싶다
보고 싶다
메아리만 치다가
내 가슴에
해바라기꽃으로 핀 그대.

꽃축제

고결한 청춘에
순백의 가슴!
앞산 뒷산 수줍은 얼굴로
애간장 다 녹인다

이 좋은 봄날
세상은 온통
꽃으로 아우성이다
사람들도 덩달아 난리다

사람들 속에
당신에게 묻어나던
낯익은 향기를 찾지만
한결같이 낯설다

늘 그랬던 것처럼
오늘도 내 안으로 들어가
그대나 만나야겠다

“꽃이 이리 많이 피었는데
숨어만 있을 건가요?”

비와 우산

우산과 비
어떤 사이인가?

싫어해도 좋고
좋아하면 더 좋고

당신과 나처럼
붙어 다니는 사이
늘 그런 사이!

부처님 미소처럼

대웅전 앞에
불두화가 피었어요

부푼 무게 못 견뎌
허리가 휘어졌더라고요

하얗게 벙글어
즐겁게 웃는 꽃!

부처님 닮고 싶은
날 대신해서
활짝 웃네요.

노란 수선화를 위하여

그대에게
내가 그렇듯
꽃은 언제나 예쁩니다
늘 활짝 웃고 있습니다

나는 지금 화분에 핀
꽃을 바라보고 있습니다
너무 예뻐 눈물이 납니다
꽃은 언젠가 지게 되겠지요

하지만 사랑은
한 철 피었다 지는
꽃과 다릅니다

늘 피어 있어야 하고
늘 볼 수 있어야 하고
늘 곁에 머물러야 합니다

그래서 꽃이 핀 수선화를
내 안으로 옮겼습니다
그대 웃는 모습으로 담았습니다.

언제나 그대

혼자 남겨 뒀다고
당신을 잊을까요?

처마 끝 고드름처럼
그리움 한 조각
늘
품고 사는데

지붕이며
아니, 집 한 채를
아니아니, 겨울까지
내 안에 담고 있는데.

우수에 내리는 비

입춘 지난 겨울
봄을 반기며
비가 내린다

응달진 산자락 눈이 녹고
연못 얼음도 녹는다

그대 그리움에
닫힌 마음이 열리듯
꽃이며 나무도
기지개를 켠다

맞다, 나도 이제
그대 생각 더 할 수 있게
그리움을 열어야겠다.

배롱나무꽃

멀리서도
눈에 꽉 차 보이는
목백일홍꽃

곱다
당신의 여름빛
화려한 몸짓이다

여름내 견뎌 내며
가지 끝마다 타오른 열정!

쏟아붓는 폭우에도
내내 타오른 사랑이었다

내내 태워도
미워할 수 없는
그대!

똑똑, 오늘도 성공

똑똑!
연못에
빗방울 떨어지듯

똑똑!
그리움은
그대 생각을 두드립니다

깨어난 생각
그대 웃는 얼굴입니다

보고 싶었는데
그리웠는데

오늘도
그리움 깨우기 성공입니다.

풋사과

한 입 베어 문 사과
황홀경에 빠진다

약간의 텁텁함쯤이야
추억 속에 가두고
풋풋함은
다시 못 올 세월에 묶는다
그제야
밀린 숨을 몰아쉰다

생각만 해도 아찔함과
보기만 해도 아린 전율
그대와 첫사랑이다

어이할까?
어이할까?
사과를 베어 문다
맛은 그대로
역시 첫사랑이다.

냉이꽃

숱한 나날
오가며 밟힌 냉이
죽지 않고 잘 자랐다

싱싱한 냉이처럼
잘 견뎌 내는 나에게
당신 대신 고맙다는
그 말 전하러 왔나?

나비 한 마리 날아왔다.

크기는 중요하지 않아

초승달이다가
보름달이다가

그리움 속 그대
달처럼 크기는 중요치 않아요
어디서든
보고 있다는 게 중요하지

내가 그대를 보고 있듯
그대도 어디선가
날 보고 있었으면 좋겠어요.

그대 생각

노을빛 흐르는 언덕
그대 떠나고
가슴속에 스며드는 그리움

보름 지난 낮달이
그대처럼 다가와 마주 앉는다

"보고 싶어!"

나뭇잎이
미리 보낸 소식에
더 짙게 채색된 그리움

겨울로 가는 여울목에서
그대 생각 앞세워
햇살을 품는다

아!
사랑이다.

반쪽인 채

반달이
떴습니다

달을
반만 켠 채 잠들었는데

아침에도
반만 보이는 달

날
얼마나 기다렸을까?

그러고 보니
나도 그대 기다리는 반쪽이네요.

꽃비

싸늘한 하늘
앙상한 가지
아직은 춥다

오늘도
추억 찾아
산과 들로 나다니는데

봄이 왔다며
내리던 꽃비는
잠시 정신줄 놓았다가
우박으로 내린다

다시 완전한 봄이
기지개를 켠다
우리 사랑처럼
아픈 만큼 성숙된다

그대 그리움이 깨어난다
보고 싶다.

그대 얼굴

외로움
다음에 오는 건
늘 그리움이었다

그리움 다음에
오는 널
기다리다 보니

그대 웃는 얼굴이
항상
일등이었다.

그날

비가 내리다가
눈이 내리다가
사이 좋게 내리네요

그 사이를
닿았다 떨어지고
부딪쳤다 멀어지고

함께 걷는 기분
설레면서도 아쉽네요
아쉬워도 좋네요

비가 내리다가
눈이 내리다가
자꾸 생각날 텐데

하늘을 제 마음대로
조정할 수도 없고
이제 어떻게 할래요?

늘 봄

아기가 왔다는
기쁜 소식에
태어나기 전부터
기다리는 봄

아가야, 너는
어떤 꽃으로 필 거니?

나무 끝에도 몽글
손끝에도 몽글
발끝도 몽글

너로 인해
온통 몽글거리는
우리 집은
늘 봄!

꽃밭에서

한 송이 두 송이
눈에 꽃을 담는데
나비가
날아왔어요
눈을 감았어요
꽃은 그리움을 만들고
나비는
그대 생각을 불러옵니다
참 많이 보고 싶습니다
그대가!

벚꽃만 보면

당신이 떠나던 날
그날도 벚꽃이 피었었지요

많고 많은 꽃 중에
벚꽃을 앞세워 떠난 당신!
떠난다는 말조차 없어
잘 가라는 인사도 못 하고
다시 만나자는 약속도 못 했어요

하지만 간다고
보낸다는, 의미까지
담긴 건 아니었어요

당신은 떠난 게 아니라
벚꽃 가득 핀
내 안에 머무는데
그러니 벚꽃만 보고 있을 수밖에요

늘 그랬듯
벚꽃 구경 갈
그 생각만 했잖아요

그날처럼
벚꽃이 피었어요
우리 언제
벚꽃 구경 떠나지요?

밤꽃이 피면

뒤뜰 장독대에
하얀 밤꽃이 피었었지

가을이 되면
알밤이 떨어지고
그 알밤을 함께 줍던 기억!

엎치락뒤치락
긴긴밤을 보내면서
가을을 기다렸을 당신

어머니!
당신이 보고 싶어요.

명상

하얀 머리 가운데
나를 앉힌다

아무것도 생각하지 않는 거다
아, 백지에 물이 올랐다
그리움이 채색된다

이제
그대 얼굴이나 그려야겠다
하늘을 메우고도 남을
그대 생각으로 그려야겠다.

어디 있나요?

비는 쏟아지는데
당신은 어디 있나요?

빗물이 내려
얼굴을 적시는데
당신은 왜 가만히 있나요

오지도 않을 거면서
왜 이렇게
그립게 만드시나요?

3부

날마다 오늘이다

5월이 되면

아카시아나무에
꽃이 있든 없든
가지 끝에 꽃이 피든 말든
벌들이 날아오든 말든
관심 없다

나는 그냥
그대나 만나러 가야겠다

아카시아꽃 피는 5월이 되면
그대가 더 그리워지는
그 5월이 되면.

잎새처럼

지워지지 않는 그리움
가슴에 담고
기다리다
기다리다
한 세월 흘렀다

내 가슴에
그대 생각 남겼으니
저 혼자 지나간 세월
아까워 말자.

첫사랑

햇살 좋은 날
호숫가에 앉았습니다

차 한잔 마시며
당신 생각을 꺼냅니다

반짝이는 물빛 위로
원앙 한 쌍 지나갑니다

그렇습니다
원앙처럼
나도 그대를 만났으면 좋겠습니다

딱 한 번만이라도
만날 수 있었으면
정말 좋겠습니다.

달빛

당신 혹시 달나라에 가셨나요
달과 눈 마주치면
가슴이 먹먹해져서요.

같이 사는 이유

밤새 쏟아낸
입씨름

자고 나니
아무 일 없었던 듯
해맑은 모습

선한 눈에
햇살 같은 마음

이래서
함께 살지요.

장마, 이제 뚝

이젠 그만 좀 해
비가 내려
속 시원해지던 때는 옛날이야

너무 울면
그 눈물
진짜 눈물이 될 수 있어

제발
뚝
이제 그만 좀 하자.

차 한잔

사랑했지만
냉정히 돌아섰지

가끔은
부드러움에
마음이 열렸지

그러다 결국
그리움 품고
내 안의 너에게 속삭였지

"사랑해!"

해돋이

가슴에 자리 잡은
불덩이를 식히고 싶어
바다에 갔더니

수평선에
붉은 해가 치솟아
가슴을 데웁니다

놀란 가슴 여미며
다시 보니

환하게 웃는
그대 얼굴이었습니다.

바다에 가서

– 당신 나 보고 싶지!
모래에 적는다

– 나는 당신 너무 보고 싶어!
파도에 실어 보낸다

바람편에
답장이 왔다
가슴을 열어 보란다

내 안에서
그리움이 파도친다.

우산은

몸과 마음
다 젖게 하는
그대와 달리

서로를 확인하며
몸만 잠시 적시는
그런 사이

우린 서로에게
꼭 그만큼
사랑하고 있는 것 맞지요?

비

여름 끝자락
비가 내린다
그리운 그대 생각
빗속에 남겨 두었다

활짝 갠 하늘
무지개는 우산을 데려가고
나는 당신 만나러 간다

그곳으로
이미 약속된 그곳으로.

매미가 우는 이유

식은 바람에도
자지러지는 울음

여름 내내
이어 사랑하면서도
더 사랑하겠다고
끝없이 울어대더니

여름 끝에서
외롭다고 다시 운다
울다 지칠 무렵
덩그러니 빈 몸이 된 매미!

돌아보니
정말 힘껏이었다
여한 없는 사랑이었고.

변덕스런 마음

유랑하듯
오늘따라 두꺼운 구름입니다

아주 많은 미련을 담고
그렁그렁한 눈을 하고
이리 밀리고 저리 밀리며
뜨거운 열기를 받았다가 막았다가
짠물이었다가 증발되었다가

맑은물이었다가 흙탕물이었다가
무지개를 띄웠다가 건넜다가
사랑도 했다가 원망도 했다가
늘 여정은 끝이 없고
그 끝엔 언제나 당신이 있었습니다

지금 이 순간
한 점 밝아오는 하늘이 보입니다

여전히 흐린 날을
벗어나지 않는 이대로
당신이 있기에 가능한
늘 오늘입니다.

커피는 친구

창을 사이에 두고
상념과 대화를 한다

부른다고
거절하지 않고 다가와
내 앞에 앉은 너!

쓰기만 한 너로 인해
밤새워 뒤척일 수 없다

기어이 삼켜 버린 까만 밤
그대 향한 밤이어서
아리지만 다행이다

다시
그대 생각 앞세워
잠을 청한다.

날마다 오늘이다

찬바람에도
몸은 뜨겁고
더운 바람에도
냉기는 여전히 흐른다

끈적임이 들러붙은 마음은
우울하다

지금도 당신은 내 곁에 있고
그리움은 여전히
내 가슴으로 흐른다

백번 생각하고
다시 생각해도
날마다 오늘이다
오늘이 맞다.

다듬이

다듬이 소리는
어머니 그리움을 두드리는
애틋함이었다

아버지
황태 두들겨 술국 끓여 내실 때는
한풀이 다듬이

할아버지
모시 적삼 두드릴 때는
공경의 다듬이

할머니 댁 시집살이
어머니 다듬잇돌에 새겨지는
한숨
아, 한숨!

지금도
다듬이 소리 들리면
어머니가 더 그립다.

갯바위

당신은
나를 안고 있습니다
찢기고 부서지며
거품이 일도록 유혹해도

나는 늘 그 자리
가라고 해도 떠날 수 없고
가자고 해도 따라갈 수 없고

지금 이 자리에서
당신 생각으로
기다리고 있습니다.

내가 그랬던 것처럼

나는 꽃
당신은 나비!
나는 늘
내 안에서
당신을 기다리고 있습니다

꽃밭에
내 그리움처럼
꽃이 피어 있습니다
나비를 기다리나 봅니다

그렇다고
나비 대신
내 안의 당신을
보낼 수는 없습니다

나에게는
잠시라도 당신이 없으면
꽃이 지니까.

가다 보면

어디로 가야 하나?
오늘도 배낭 메고
오솔길을 걷고 있다

낯선 사람과 마주치면
인사하고
가던 길로 간다
목적지도 없이 간다

꽃으로 만날 수 있고
새로 만날 수 있고
나무 사이로 올려다본
구름으로 만날 수 있고

혹시 당신 지나칠까
정신 바짝 차리고 걷는다.

그래도 나는

봄이다
동산을 둘러싼 회양목에
벌들이 날아왔다
향기가 좋은지
나비도 날아다닌다

봄이라는 이름 아래
바람과 꽃, 벌과 나비가
하루를 자맥질한다

하루해가 지면
바람은 산 너머로 가고
꽃은 꽃대로 잠들고
벌과 나비는
자기 집으로 날아가겠지

그러면 나는?
그대 생각 가슴에 담고
잠이 들겠지
당신 만나겠다는
야무진 꿈을 안고.

잔상

투명 창으로 빛 들어오듯
불쑥, 내 안으로
들어온 얼굴
낯이 익다
찬바람이 불어도
여전히 환하게 웃는다

혹시 날 찾아온 가을 남자?
호수에 슬쩍 돌 하나 던져도
포물선 너머로 물러난다

먹구름에
소나기 쏟아질 것 같아
서둘러 집으로 가는 길
내 안이 따뜻하다

다시 보니
그 얼굴!
내 안에 담겨 있다

봐도 봐도 그리운
그대 얼굴로.

이슬

밤새
대지에 담아 놓은
작은 물방울

사랑과
아쉬움을 모아모아
그리움을 만든다

보였다
사라졌다
이게 사랑이다

이게
내 아린 그리움이다.

빨간 등대

찬 바다에
배가 달린다

배를 따라오는
갈매기에게
새우깡을 던진다

배는 달리고
나도 달리고
지쳐 사라진 갈매기 너머
등대가 보인다

내 가슴에도 등대가 있다
그 등대를 보고, 그대
먼 길로 돌아오지 말고
바로 달려왔으면 좋겠다

이렇게 기다리는데
이리 보고 싶어 하는데.

때로는

살다 보니
“사랑해!”라는 말보다
“이 돈 맘대로 다 써!”
이 말이 더 좋더라

살고 보니
다시 들을 수만 있다면
“사랑해!”가
백 배, 천 배 더 좋은데.

4부

낙엽, 그리움 속으로

입추

하늘에 구름
한여름 뙤약볕
길목에 서성이는 바람

기억 속에서
산허리 감고 내려온
그대 생각 한 자락

입추다!
이제
그리움에 얹을
그대 생각 더 해야겠다.

국화차

들길 한적한 곳에
국화꽃 봉오리
가져와 말렸지요

활짝 핀 미소
다시 못 볼 것 같아
뜨거운 물을 부었더니
아직도 꽃이라며 반기네요

찻잔 속
국화꽃에서 나온 향기!
입안에 담겼다가
그리움을 깨우네요

보고 싶은 사람
불러내라며
넉넉한 하루가 펼쳐지네요.

낙엽, 그리움 속으로

푸르던 잎
가을 바람을 만났다

귓속말로 바람이
“가을이야,
사랑하기 좋은 가을!”

당황한 나뭇잎
정신줄 놓았다가
깜짝 놀라 떨어진다

다행이다
그 나뭇잎
그리움 속으로 떨어져서.

외출

부슬부슬
가을비가 내린다

내내 푸르던 잎
가을의 중심으로
나를 초대한다

어쩌지?
갈까말까 망설이다
둘러본다

단풍든 나뭇잎들
따라나서겠다고 웅성댄다

여전히
가을비가 내린다.

쳇바퀴

이제 다람쥐는
쳇바퀴를 돌리지 않는다

쳇바퀴 관성이 남아
설령 돌아간다 해도
그건 제자리로 돌아온다

쳇바퀴 돌리듯
오늘도 묻는다
"당신 그곳에서도 행복하지?"

꿈 그리고 그대

나는 꽃!
꽃이 여행을 떠난다
누구랑?
어디로?

벌과 나비?
아니
난, 바람과 함께
하늘을 날 거다

그 하늘
내 안에 있고
그 꽃은 당연히
그대 웃는 얼굴 앞에 있으니까.

낙화

뿌리에서
올라온 물이
가지 끝에서 서성이는 날

꽃잎이
이 또한 사랑이라며
내 가슴으로 뛰어든다

받고 보니
당신이었다.

밥상에 올라온 미꾸라지

가뭄이 한창일 때
논바닥 갈라진 틈에
물을 대려고 저수지에 왔다

벼에 생명을 주던 날
물 따라 내려오다
깜짝 놀라 튀어오른
미꾸라지 몇 마리
영문도 모른 채 밥상에 올라왔다

"칼칼한 게 시원하다!"
추어탕 한 그릇에
아버지의 논에는 쌀밥이 익고
그해 가을 황금이 되었다
나를 키웠다.

서쪽에는

지는 해를 담기 위해
냉커피를 들고
자동차 시동을 걸었다

제한 속도를 넘어
구불거리는 능선으로 올라갔다

노을을 앞에 두고
그대 생각을 꺼냈다
오늘도
노을 속에 웃는 당신

"고마워요!"
이 말이 나왔다

지나가던 바람이
툭, 건드리며
맞장구친다

갑자기
그리움이 쏟아져
노을을 가슴에 담을 수밖에 없었다
그제야 별이 나온다.

나들잇길

허리 펴고
파릇파릇 새싹 나온 봄이다
꽃이 보고 싶어 나섰다

허리 펴기보다
굽히는 게 나은지
고개 숙여
꽃보다 쑥 찾는 마음!

또 봄
다시 봄
그러다 나도
그대 좋아하는 봄.

백로, 한 발로 서서

논에 앉은 백로
물에 잠긴 고요를 젓는다
한발로 우뚝 서서

시간 위에 생각을 더 얹다가
무슨 생각이 들었는지
내 안으로 날아든다

그립다
그립다
날개를 젓는다

백로는
그리움 속으로 날아가고
그대 생각만 남는다
아리게 그립다.

마른 잎새

나뭇잎이
바람에 떨어지지 않으려고
애쓴다

그대 생각은
그리움 속에서
지워지지 않으려 애쓰고

나뭇잎은
시간이 지나면 떨어지는데

그대 생각은
세월이 지나도 그 자리
보고 싶게 만들면서
늘 그 자리.

혼자 밥 먹던 날

이팝나무꽃 활짝 핀
창가에 앉았다

스쳐 가는
찔레 향이 날 붙잡아 앉히며
잠깐 그의 얘기 들어보라고 한다

이제 곧
아카시아꽃도 필 텐데
이 그리움!
어떻게 할 거냐며
따질 자세로 묻는다

그냥
하늘에
그리움만 스케치할 뿐
말을 못 했다.

저녁 눈

눈이 내리네요
바람에 흩날리는 벚꽃잎처럼
내 발등으로 내리네요

오늘처럼 눈이 내렸던 날
뭉친 눈을 던지며 웃다가
함께 손잡고 걷던 당신!

저녁 어스름 속에
그 기억이 아쉬워 돌아보니
저 앞에 당신이 서 있네요

반가워 달려가니
그날처럼
눈을 뭉치며 웃는 당신

반가워 웃다가
아쉬워 창밖을 보니
여전히 눈이 내리네요
당신 그리움을 담고 있네요.

묻고 답하기

너는 날마다
웃으며 물었지
오늘은 잘 지냈느냐고

나는 날마다
대답했지
잘 지냈다고

우린 그렇게
묻고 답하며
고개만 끄덕였지

그게
우리 사랑인 줄 모르면서
몰랐으면서.

착각

이 나이 되고 보니
사랑은 다 거기서 거기더라

빗장 풀면
내 안에서 서성이던 그리움은
꽃으로 피고
아리게 보고 싶은 사랑은
가슴에 향기로 담긴다

그 향기
다시 그리움이 된다

이 나이 되고 보니
사랑은 다
거기서 거기인 게 맞다.

천생연분

그대는 늘 말했다
자기는 멋있고
나는 귀엽고
우린 천생연분이라고

그럼 됐지 뭐!
치, 지금
곁에 없는 걸 보면
순전히 말뿐이었어.

담쟁이

한겨울
엉킨 줄기들은
찬 기운을 즐긴다

흰 서리 맞으며
메말랐던 잎은
사부작사부작 여행 떠나고
그 자리에서 빈 줄기는
벽을 잡고 추위를 견딘다

이제 곧 봄
다시 잎이 돋고
그대를 만나듯
봄이 시작되겠지.

물음표

첫눈이다
찻잔 속에
첫눈을 붙들어 앉히려고
아는 체하니
낯가림한다

그대인가 싶어 반겼는데
아직은 물음표인가?
이내 눈은 녹고
그리움만 쌓인다.

바람 소리

당신 모습이
두 눈에
파도치는 아침

철썩!

그대 대신
다가오는 그리움
보고 싶다며
내 안으로 부서진다

어쩌자고
이리 보고 싶게 하는가
매번
우는 소리에만 밝은가

왔다가
그리 빨리 떠났는가.

해 질 녘 새참

해 넘어가는 노을빛에
걸린 낮달
희뿌연 해거름이
산 등에 올라앉았다

지는 해는 막걸리 한 사발에
김치 한 조각을 나에게 권한다
황금 들녘이
솥뚜껑에 꽃을 피웠다

밤새 울어대는 귀뚜라미
허허로움에
빈 사랑채만 남아 있다.

개구리

고향 마을 둘레길
냇가 한 귀퉁이에
먼저 잠 깬 개구리들
민망하게
대낮부터 애정 행각이다

봄이 중매 넣고
따뜻한 바람이 거들었나?

이유야 어떻든
기다림 끝에 만났으니
사랑은 무죄!
이 봄이 가기 전
진한 사랑 나누렴

돌아서는데
내 얼굴이 붉어졌다
이유?
몰라.

이불

아무리 두툼해도
저 혼자는 추운가 봐

꼭 붙들고
놔주질 않네

으아,
나보고 어쩌라구
나도 네가 좋은데.

염병

청명한 날
계획에도 없던
게릴라성 비가 쏟아졌다

겨우
맑은 물에 찬밥 한술 말아
풋고추 된장에 찍어 먹던 울 엄마
냅다 뜀박질하셨지만

며칠 동안
공들여 멍석에 널어놨던 벼는
이미 물속으로 들어선다

어이구, 속상해!
울 엄마 굽은 등은 펼 새도 없이
염병만 찾는다

"염병!"

5부

꽃 지고 잎 진다

나의 버팀목 | 하루살이 | 덕담 쿠폰 | 잘살아 봐
고드름 | 왜 왔니 | 설화 | 눈 내리는 밤 | 오늘
풍경 소리 | 동지 팥죽 | 불멍 | 꽃으로 핀 눈 | 휴일
분신 | 희망, 붉은 그리움 | 작은 액자 | 내 친구 | 동반자
첫눈 | 달빛 | 겨울 | 꽃 지고 잎 진다 | 빈손

나의 버팀목

나른한 오후
그대 생각하면서
햇살에 기대어 있다

어느새 다가온
그대의 어깨!

아들
고마워!

하루살이

모닥불을 피웠다
하루살이가 날아든다

뜨거운 불꽃에
망설임 없이 뛰어든다

그래, 어쩌면 나도
저 불 속에 당신이 있었다면
뛰어들었을지 몰라.

덕담 쿠폰

서로 주고받는 덕담
가끔 자신에게만
서운하게 들릴 때가 있지요

예, 있어요
내가 준 사랑이 10인데
받는 사랑이 100일 때
아니, 200일 때

더 못 주는 자신에게
서운하고말고요.

잘살아 봐

두 주먹
불끈 쥐고 있는 봄

봄
편들어 주는 비

그래
봄이다
나도 잘살 테니
너도 잘살아 봐

그러다 힘들면
우리 연애하지 뭐.

고드름

삶에 있어
잘 만나는 것보다
잘 헤어지는 것이 더 중요해

한겨울
영하의 날씨에만
달리는 고드름!

입춘 전부터
눈물 보이더니
봄바람이 살짝 보듬었다고
통곡을 한다

이봐, 이봐
나 지금
맑음이야
맑음!

왜 왔니

보름날
오곡밥 먹고
부럼까지 깨먹고
귀밝이술까지 한잔했다

하지만
기다리던 하늘의 달은
보이지도 않았다

그런데 배가 삐죽이
불러왔다

아이참!
왜 나오는 거니
애인도 아닌데.

설화

간밤에
설화가 피었습니다

봄이라며 다가온
그대!

눈에 넣어도 안 아픈
그대!

한 번도
실망 주지 않았던
당신
맞지요?

눈 내리는 밤

초저녁부터
밤을 안고 꿈을 꾼다

꿈속에서
그리움이
눈 세상을 펼친다

그대는 눈 위에서
여전히 하얀 미소로 웃고
그대 앞에 나는
눈꽃으로 다시 핀다

녹지 않게
그대 가슴에
사랑꽃으로 핀다.

오늘

뿌연 창공은 각막을 거스르고
하늘은 온갖 몸짓으로
바람을 흔들어 보지만
한계에 부딪혔는지
포기하고 제자리로 간다

기다림은 여전히
이어가기를 강요하지만
나는 메마른 대지에서
그대 생각해 줄
비라도 내려 주길 기대한다

그래서일까,
뿌연 안개 속을 뒤지며
이리저리 뒹굴어 봐도
여전히 그리움 속
그 속을 벗어나지 못한다

그래서 조금은 위안이 된다.

풍경 소리

여수 향일암에 들렀다

처마 끝 풍경
뎅그랑뎅그랑
바람 맞는 소리 아리다

맑고 곱다며
내 손잡고 듣던 당신

풍경 소리에
시리다 시리다
나 혼자
읊조리다 무디어질 쯤

청아한
그대 목소리
침묵 속에 들려온다

뎅그렁뎅그렁.

동지 팥죽

고립된 일상 속 긴긴밤
어스름한 새벽이 다가오면
자연의 순리에 따라
귀신 쫓을 팥죽을 쑨다

할머니, 아버지, 어머니
지아비 생각
돌아보니
모두가 쫓아야 할 귀신
하지만 쫓을 수 없다

새알심
알알이 빚어 넣으며
긴긴밤 귀신과 동행한다

오늘만은
귀신도 그리움이다
끓는 팥죽 앞에서도 웃는
내 편 그리움이다.

불멍

어린 시절
안채 부엌에 밥 짓는 갈잎
소나무 갈잎은
언제나 부엌 구석진 자리에
예쁘게 자리 잡았다
갈잎의 부드러움에
잔잔한 열기는
흔적 없이 굴뚝으로 날아간다
아침저녁으로
가마솥 물은 끓고
역할 다 한 갈잎은
먼저 자리를 뜬다
밥 짓는 엄마 사랑
갈잎 태운 연기
그리움 속으로 다시 모인다
갈잎 한 더미로 쌓인다.

꽃으로 핀 눈

눈이 내리다가
비가 내리고
다시 눈이 내린다

물 고인 분수대
가장자리 철쭉에 쌓이는 눈
꽃을 피운다

서로 다른 모습으로
그대와 나를 앞세워
사랑을 만든다

그대 생각하기
딱 좋게
비가 내리다가
눈이 내리다가.

휴일

심심한데
시간은 잘도 간다

가서 보면
늘 제자리인데
오늘도
일찌감치 점심에
벌써 저녁

그래도 다행인 게
늘 그대 그리움 속이고
늘 그대 생각 중이고

그대는 없는데
시간 참 잘 간다.

분신

꽃 진 자리는
다시 핀 꽃으로 알 수 있고
잎 진 자리는
다시 돋은 잎으로 알 수 있듯
사람이 머물다 떠난 자리도
관심을 가지면 알 수 있다는데

당신이 머물다
그리움만 남긴 채 떠난 자리는
무엇으로 알 수 있을까요
둘러보면 슬픔밖에 없는데

우연히 가슴을 열었어요
아, 이곳에
잊고 지냈던 그대 미소가 있고
따라 웃게 하던 웃음소리가 있고

이제야 알았습니다
살아낼 수 있는 용기를 주기 위해
지금까지, 당신은
내 안에 머물러 있었다는 사실

고맙습니다
알았으니 이제라도
웃는 모습 자주 보여 드릴게요.

희망, 붉은 그리움

휑한 나뭇가지에
붉은 그리움
둥그렇게 걸렸네

이 밤 지나면
내 곁에 오시려나?

봄바람이 먼저 와
내 은둔의 시간 속
온전함을 걷어 낸다
장막이 사라진다

어제도 그랬듯
이제
그대 모습 꺼내야겠다
오늘은 기어이
보고 싶었다고 말해야겠다.

작은 액자

동창 모임 때
다락방에서 꺼내 온 그림 한 점
재능 있어 보여
간직해 놓았다고
옛 은사님이 보여 주셨다

당신의 소망에
나의 미래를 수놓았다니
참 의외의 감동이고 감사함이다

세월 흐른 지금, 그 소망
재능대로 살아가는 이들
얼마나 될까?

온통 변해 버린 세월 앞에
꿈이 재주에 담겨
추억으로 남은
아~
그날이 그립다.

내 친구

장작불을 지피던
고향 마을
외딴집에 난방기가 돌아간다
옛 친구들과
커피잔을 들고 얘기를 나누고 있다

서산에 노을이
그리움을 펼쳐놓고
또 다른 친구들을 부른다
정순아, 은주야, 명숙아

고향 친구 생각하면
늘 그립고
만나면 더 좋고

고향에 오면
고요까지 내 친구!

오늘도 그날처럼
고향 하늘에
별이 많이 나왔겠지.

동반자

동백나무 숲길에
찬바람이 동행한다

동박새가
꿀을 옮겼다

봄날이 지천이다
내 안에 동백꽃이 만발한다

이제
그대만 오면 된다
바람으로 와도 좋고.

첫눈

미처 물들지 못한 푸른 잎들
비바람에 떨어진다
쌓인 낙엽이 쓸쓸하다고 나뒹군다

야, 눈이다, 첫눈!
전화기 너머 들려오는 소리

흩날리는 눈에
실어 보내는 마음
쪽배에 싣는다

덜어 버릴 마음
안고
바다로 간다.

달빛

깊은 밤
은행나무 가지 끝에 덩그러니
달빛 혼자 세상을 밝힌다

밤새
좋아하는 마음 곁에 있고
미움은 보이지 않는다

그래, 달빛
측은지심은
길가 고양이에게나 줘라

그래도 안 되겠거든
은행잎 핑계대고
나에게 와라

춥고 외롭고
힘은 들겠지만
내가 은행나무 되어
널 기다리고 있을 것이니.

겨울

창문을 닫았다
커튼을 내리고 방문도 닫았다
현관문까지 꼭 닫았다

어디로 왔지
언제 왔지
제집인 양
먼저 들어와 있는 겨울

이불 속에 들어와
먼저 웅크리며 춥다는 너
날 기다리는
그대였으면 좋을 겨울 너.

꽃 지고 잎 진다

꽃 지고
잎 진 자리
계절의 흔적이 펼쳐진다

그대 웃는 모습 꽃으로 핀다
주름도 고스란히 세월에 담긴다

사랑으로 말하자면
나도 꽃이라며
그대 기다리며 피운 꽃이라며
자신 있게 말해 주고 싶다.

빈손

하늘은 비어
구름이 많고
잎 뗀 나뭇가지 아래는
단풍이 많다

빈손인 나에게도
많은 게 있다
웃음, 즐거움, 나눔

비운 만큼
채워진다는
그 사실을 나는 알고 있다.

그리움은
늘 바쁘다